# Maudite Poupée

Casterman
Cantersteen 47, boîte 4
1000 Bruxelles
Belgique

www.casterman.com

ISBN : 978-2-203-22249-6
N° d'édition : L.10EJDN002467.N001



Achevé d'imprimer en mars 2021, en Espagne, par Liberduplex
(Carretera BV-2249 Km. 7,4, Polígono Industrial Torrentfondo,
08791 Sant Llorenç d'Hortons, Barcelone, Espagne).
Dépôt légal : avril 2021 ; D.2021/0053/135

Déposé au ministère de la Justice, Paris (loi n° 49.956 du 16 juillet 1949
sur les publications destinées à la jeunesse).

HANTÉ

*Pire que vos pires cauchemars*

# MAUDITE POUPÉE

AMÉLIE ANTOINE

casterman

*À mes enfants,*

*En souvenir d'une poupée*
*Qui s'amusait à se déplacer*
*Et qui ne voulait plus vous quitter…*

# 1

Depuis leur arrivée en Bretagne pour les vacances d'été, Thaïs et Margot avaient découvert les cris des goélands, qui déchiraient à intervalles réguliers le brouhaha ambiant de la rue. Il avait fallu quelques jours pour qu'elles s'habituent à ces piaillements rauques qui leur avaient paru si peu mélodieux au début.

Ce matin-là, les deux sœurs eurent l'autorisation d'aller faire seules un tour à la fête foraine. Depuis que Thaïs était entrée au collège, les parents avaient lâché du lest, puisqu'elle devait de toute façon marcher tous les jours vingt minutes pour aller en cours. En septembre, ce serait au tour de Margot d'entrer en sixième.

Heureuses de sortir sans leurs parents, les filles dépensèrent une bonne partie de leur argent de poche en tours de manège. Margot perdit ses dernières économies dans une des machines à pinces, celle qui était remplie de petits porte-clés métalliques brillants de toutes les couleurs. Elle voulait absolument en attraper un bleu turquoise. Au moment de remettre une pièce dans la machine, elle fit une grimace en s'apercevant que les poches de son short étaient vides.

— Je t'avais dit que tu n'y arriverais pas, ces machines sont truquées ! s'exclama Thaïs en secouant la tête, atterrée que sa sœur n'ait plus un centime pour le reste des vacances.

— Mais j'y étais presque ! Tu voudrais bien me prêter un ou deux euros, s'il te plaît ? supplia Margot avec une moue déçue.

— Certainement pas ! Allez, on y va, je voudrais passer par le vide-greniers avant de rentrer...

Sans laisser à sa cadette le temps de rétorquer, Thaïs se remit en route et l'entraîna dans son sillage.

Quelques minutes plus tard, elles flânaient entre les stands de livres d'occasion, de vaisselle ébréchée et de vêtements démodés. La plus jeune pensait toujours au porte-clés turquoise qu'elle avait été à deux doigts de remporter, tandis que sa sœur furetait dans l'espoir de dénicher des fèves pour sa collection. Soudain, Margot poussa un cri émerveillé, et Thaïs se retourna pour voir ce qui l'enthousiasmait au point de rester figée devant une table remplie d'objets disparates.

Assise dans une chaise en osier blanc trop petite pour elle se trouvait une poupée de porcelaine aux longs cheveux acajou bouclés, tirant sur le roux.

Visiblement envoûtée, Margot s'approcha d'un peu plus près, pour contempler le visage au teint diaphane et aux traits parfaits : les pommettes hautes et légèrement colorées, la bouche rose qui semblait presque sourire, la frange épaisse qui s'arrêtait au niveau des sourcils peints, mettant ainsi en valeur des yeux rieurs ourlés de longs cils sombres.

La poupée fixait Margot de ses grandes prunelles vert émeraude. Thaïs se rappela le Sphinx que son oncle avait rapporté d'un voyage en Égypte, une étrange petite sculpture qui donnait l'impression que, où qu'on soit, le lion à tête de pharaon vous suivait du regard. « Une illusion d'optique », avait expliqué sa tante pour rassurer leur petit frère, Sacha, qui était mal à l'aise.

Cette poupée de porcelaine produisait le même effet sur Thaïs : même si les billes de verre qui lui servaient d'yeux ne bougeaient évidemment pas, elle avait la sensation assez dérangeante que la poupée les regardait *pour de vrai*.

— Comme elle est belle..., murmura Margot, bouche bée. Tu as vu sa robe, toutes ces dentelles ?

En effet, la poupée portait une robe en Liberty vieux rose, parsemé de dizaines de minuscules fleurs violettes et parme. Le bandeau qui enserrait sa chevelure était cousu dans le même tissu. Le col et les manches étaient bordés de dentelle blanche. Les mains de la poupée reposaient sur son ventre ; on aurait dit qu'elle attendait quelque chose, sagement, patiemment. Que quelqu'un jette enfin son dévolu sur elle, peut-être.

— C'est vrai qu'elle est jolie, concéda Thaïs tout en faisant mine de se détourner pour se remettre en marche.

— Combien vous la vendez ? lança Margot aux deux adolescents assis derrière la table.

Ils ne levèrent même pas la tête, trop absorbés par leurs téléphones portables. Thaïs tenta d'attraper sa sœur par le coude et de l'éloigner :

— Tu as dépensé tout ce que tu avais à la fête foraine !

— Mais toi, tu as encore de l'argent, non ? Tu pourrais me l'avancer ? tenta Margot en refusant de bouger d'un pouce.

— Il doit me rester à peine cinq euros, et encore... Allez, laisse tomber, rétorqua Thaïs en soupirant.

— Combien vous la vendez ? s'écria la cadette une seconde fois, en se penchant vers les deux garçons qui sursautèrent.

Ils échangèrent un regard perplexe, suivirent l'index de Margot pointé vers la poupée, et celui qui portait une casquette à l'envers marmonna en haussant les épaules :

— Dix euros ?

Sa réponse ressemblait plus à une proposition qu'à une affirmation, et Margot s'engouffra dans la brèche.

— Cinq ? marchanda-t-elle avec aplomb.

Les adolescents firent la moue, mais Margot ne se découragea pas.

— Je n'ai que cinq euros, de toute façon, donc c'est ça ou rien. Sachant qu'il est déjà midi et que le vide-greniers se termine dans une heure, il y a peu de chances que quelqu'un d'autre vous fasse une meilleure proposition..., ajouta-t-elle en battant des cils.

Le garçon à la casquette fronça les sourcils, mais son frère lui donna un coup de coude. Cinq euros, c'était toujours ça de pris : ils étaient là depuis 7 heures du matin, sous un soleil de plomb, et avaient récolté à peine quarante euros en tentant de vendre les vieilleries entassées dans le grenier de leur grand-mère. Tu parles d'un exploit !

— C'est bon..., marmonna-t-il avec indifférence.

Margot sauta de joie en tendant la main vers sa sœur aînée. Cette dernière fouilla dans son porte-monnaie pour en extirper les dernières pièces qui lui restaient. Après avoir compté, il y avait très exactement la somme de quatre euros soixante-dix.

— Ça ira ? grimaça Margot en tendant le tas de pièces au garçon à la casquette.

Il prit l'argent sans un mot et la fillette, ravie, s'empara de la poupée en porcelaine. Aussitôt, elle la serra de toutes ses forces contre elle en fermant les yeux. Thaïs se retint de lui dire qu'au collège on n'avait plus l'âge de jouer à la poupée : sa sœur avait l'air si contente... Malgré tout, elle ne manqua pas de lui signaler qu'elle avait intérêt à la rembourser.

# 2

De retour à la maison de vacances, Margot se jeta sur ses parents pour leur montrer sa précieuse poupée.

— La petite fille qui l'avait avant a dû en prendre particulièrement soin, elle est en excellent état ! fit remarquer sa mère en la regardant avec attention.

— Je vais l'appeler Rosemonde, expliqua Margot. C'est à la fois rare et élégant !

En détachant les deux boutons à l'arrière de la robe bouffante, la mère découvrit un remontoir argenté.

— Ça alors ! Qu'est-ce que c'est ?

Elle actionna le mécanisme avec précaution, mais rien ne se produisit.

— Je pense qu'à l'origine cette poupée devait parler, ou chanter une chanson, peut-être. Mais le système est cassé, apparemment. Ce n'est pas étonnant, elle a l'air très ancienne… Tu as fait une bonne affaire, en tout cas ! déclara-t-elle en rendant le jouet à sa fille.

Margot reprit la poupée et en caressa les cheveux avec ravissement.

— Dès que je l'ai vue, j'ai su qu'elle était pour moi ! s'exclama-t-elle en la faisant tournoyer dans le salon.

Lorsque Sacha rentra du jardin où il avait passé la matinée entre balançoire et trampoline, il s'arrêta net en voyant sa sœur s'amuser avec une poupée. Intrigué, il fit mine de jouer avec ses petites voitures sur le tapis du salon, simplement pour se rapprocher de Margot. Thaïs, installée dans le canapé avec un livre, leva à peine la tête.

— Vous pouvez mettre la table, les enfants ? Le déjeuner est prêt ! cria leur père depuis la cuisine.

— C'est ton tour, Margot, marmonna Thaïs.

Margot soupira, avant de poser sa poupée sur la table basse et de se diriger en traînant les pieds vers le buffet. Dès qu'elle fut hors de vue, Sacha en profita pour attraper le précieux jouet par un pied et l'examiner sous toutes les coutures avec sa brusquerie habituelle. Il fit bouger les bras et les jambes, souleva ses vêtements, la secoua vigoureusement comme s'il s'agissait d'un Kinder Surprise.

— Whaouh, vous avez vu, elle peut tourner sa tête entièrement ! s'exclama-t-il en faisant pivoter sans délicatesse la tête de la poupée jusqu'à ce qu'elle regarde derrière elle.

En deux bonds, Margot fut de retour dans le salon et arracha la poupée des mains de Sacha, en le poussant si fort qu'il s'étala sur le tapis. Sa tête passa à un centimètre à peine du coin de la table basse.

— Tu as intérêt à ne plus jamais la toucher, tu as compris ? s'écria-t-elle, ses yeux lançant des éclairs.

Sacha se releva sans rien dire, vexé d'être ainsi rabroué. Il ramassa ses petites voitures à la va-vite et quitta la pièce sans demander son reste, tandis que Thaïs dévisageait sa sœur d'un air circonspect. Certes, Sacha n'aurait pas dû prendre la poupée sans permission, mais de là à réagir avec tant de violence...

# 3

Pour le déjeuner, Margot supplia sa mère de la laisser mettre une assiette et des couverts pour Rosemonde, et elle alla chercher une chaise de bar pour l'installer juste à côté d'elle. Elle lui donna la becquée tout au long du repas, sous le regard éberlué de Sacha et celui, blasé, de Thaïs. Leur mère, elle, était plutôt amusée par cette scène, tandis que leur père n'y prêtait guère attention, habitué aux idées parfois extravagantes de sa fille. Il y avait quelques semaines encore, elle ne quittait plus une sorte de ficelle multicolore qui lui permettait de faire toutes sortes de figures – une étoile, la tour Eiffel, une échelle... – et, à présent, Margot aurait été bien en peine de dire où elle l'avait abandonnée.

Au moment de terminer le dessert, la fillette prit soin d'essuyer les lèvres rose bonbon de la poupée, comme si elle avait, elle aussi, mangé de la mousse au chocolat. Thaïs proposa à sa sœur de faire une partie de Monopoly avant d'aller se promener jusqu'au phare avec les parents, mais Margot secoua la tête :

— Je crois que je préfère m'occuper de Rosemonde, je voudrais lui donner un bain dans la petite bassine de la salle d'eau.

— Je peux t'aider si tu veux, on pourrait lui démêler les cheveux avec de l'après-shampoing et la coiffer, proposa Thaïs, bien qu'elle n'ait pas particulièrement envie de s'occuper d'une poupée défraîchie.

Les sœurs avaient toujours été comme les doigts de la main, si complices que Sacha, jaloux, ne manquait jamais une occasion de s'immiscer dans leurs jeux.

— Non, c'est gentil, mais je vais le faire moi-même, rétorqua Margot en prenant avec délicatesse sa poupée au creux du bras, comme si elle portait un nouveau-né endormi. On n'a pas besoin d'être deux, de toute façon.

Les mots, jetés avec insouciance, firent l'effet d'une gifle à Thaïs. Blessée, elle retourna sur le canapé pour attraper son livre, et Sacha en profita pour lui demander de faire une partie de sept familles, ce qu'elle accepta de bon cœur.

À l'étage, elle entendait l'eau couler et Margot chantonner gaiement. Sans vraiment savoir pourquoi ça la touchait autant, Thaïs eut soudain les larmes aux yeux.

Toute la journée, Margot ne fit que se préoccuper de Rosemonde. Elle parvint même à convaincre sa mère de l'emmener au centre commercial, pourtant à vingt minutes de là, pour acheter des tissus dans l'idée de lui confectionner de nouvelles robes !

Elle ne la lâcha pas une seconde : en voiture, elle la posa sur ses genoux, lui expliquant le programme de l'après-midi.

— Elle ne t'entend pas, tu sais, fit remarquer Sacha en s'agitant dans son siège auto. Ce n'est qu'une vieille poupée, et en plus, elle est moche, ajouta-t-il, juste pour le plaisir d'embêter sa sœur.

— Tais-toi, je ne t'ai rien demandé ! grogna Margot en bouchant les oreilles de Rosemonde, comme si elle risquait d'être vexée par les paroles désobligeantes du petit garçon.

Après le centre commercial, la famille reprit la route pour la balade prévue sur la presqu'île. Quand ils furent arrivés au phare, leur mère insista pour prendre en photo les trois enfants devant le majestueux bâtiment en pierres grises.

— Laisse donc ta poupée, Margot, on n'a pas besoin de l'avoir sur tous les clichés ! lança leur père en levant les yeux au ciel.

— Au contraire, une photo sans Rosemonde, ça n'aurait aucun intérêt, répondit la fillette du tac au tac en s'agrippant à sa poupée d'un air déterminé.

À son tour, elle s'empressa de photographier Rosemonde assise seule devant le phare, en lui lançant diverses demandes toutes plus absurdes les unes que les autres : « Tiens-toi plus droite, Rosemonde, s'il te plaît ! », « Est-ce que tu peux faire un grand sourire ? », « Dis Ouistiti ! », « Tu es contente d'être là ? Tu verras, ça nous fera de jolis souvenirs, à la fin des vacances ! »

Thaïs observait sa sœur faire son cinéma et, soudain, elle songea qu'elle aurait sans doute mieux fait de ne pas lui avancer d'argent.

# 4

Ce soir-là, après avoir regardé un vieux film en famille à la télévision, les filles s'endormirent rapidement dans la chambre qu'elles partageaient. Sacha, lui, n'avait même pas tenu jusqu'au bout et leur mère l'avait emmené se coucher dans la petite pièce qui lui avait été attribuée, juste à côté de ses sœurs. Les enfants avaient tout le premier étage pour eux.

Quelque chose tira Thaïs du sommeil en pleine nuit, mais elle ne sut dire ce qui l'avait réveillée en sursaut. Elle se redressa dans son lit en se frottant les yeux et, soudain, elle fut sur le qui-vive. De l'autre côté de la porte de leur chambre, elle entendait le parquet grincer, lentement, comme si quelqu'un marchait à pas de loup, s'immobilisant à chaque mouvement pour s'assurer de ne pas avoir été repéré. Le cœur battant, elle retint sa respiration pour tendre l'oreille.

À nouveau, le parquet grinça, bien trop fort pour qu'il puisse s'agir du bruit normal d'une vieille maison. Les pas se rapprochaient. Thaïs frissonna, croisa ses bras autour d'elle pour se réchauffer, ou se protéger, peut-être. Est-ce qu'il y avait quelqu'un, là, juste derrière la porte ? Était-ce Sacha, pris d'une crise de somnambulisme comme ça lui arrivait de temps à autre ? Il devait y avoir une explication rationnelle, se conforta Thaïs, et Sacha en était une. Elle prit son courage à deux mains, ne voulant pas rester assise dans son lit bêtement apeurée, et se leva. En deux sauts de chat, elle fut devant la porte de la chambre, qu'elle ouvrit en grand d'un seul coup, prête à enguirlander son petit frère sans prendre de gants, quand bien même leur mère lui avait déjà expliqué à plusieurs reprises qu'il n'était pas responsable de son somnambulisme.

Mais le long couloir qui menait jusqu'à la salle de bains et à l'escalier était désert.

Personne.

Thaïs plissa les yeux pour scruter la pénombre. Au loin, la porte de la salle de bains était entrebâillée, et elle eut l'impression qu'elle bougeait, comme si quelqu'un venait de la pousser derrière lui. Elle regarda plus attentivement, mais se rendit à l'évidence : elle avait dû rêver. Elle était si tendue que la peur lui jouait des tours...

La porte de la chambre de son frère, elle, était bien fermée, et jamais il n'aurait pu courir jusqu'à son lit pour lui faire une farce. Ce qu'elle aperçut tout à coup sur le parquet la glaça et elle s'agrippa un peu plus au chambranle.

Des flaques d'eau.

Des flaques d'eau ayant la forme d'une empreinte de pied nu, et qui formaient un chemin en provenance de l'escalier.

Un chemin s'arrêtant juste devant elle.

L'adolescente recula d'un pas, paniquée, et referma le battant pour s'y adosser. Dans le lit à sa gauche, Margot dormait, inconsciente de ce qui se passait. Rosemonde était sagement allongée sur son oreiller, et la main de Margot était posée sur elle, comme pour s'assurer qu'elle ne bouge pas pendant la nuit.

Dans le couloir, Thaïs entendit encore quelques grincements ; on aurait dit que les pas s'éloignaient. Pas soulagée pour autant, elle regretta qu'il n'y ait pas de verrou sur la porte pour empêcher toute intrusion.

Quelques minutes plus tard, elle se força à retourner dans son lit et, en passant devant celui de sa sœur, elle remarqua que la poupée de porcelaine avait les yeux grands ouverts. Cela n'avait aucun sens, puisque, comme toutes les poupées, ses paupières se fermaient dès qu'on l'allongeait. Intriguée, Thaïs attrapa Rosemonde, la dégageant doucement du bras de sa cadette. Elle la tint bien droite devant elle, puis la remit à l'horizontale : les paupières ne bougeaient plus, condamnant la poupée à toujours contempler le monde. Thaïs essaya de corriger cette anomalie avec son doigt, allant jusqu'à tirer sur les cils recourbés : en vain. On aurait dit qu'ils étaient collés. Pourtant, dans la journée, elle était sûre d'avoir vu la poupée les yeux fermés les rares fois où Margot l'avait posée sur le dos. Voilà qui était très étrange…

L'adolescente finit par reposer la poupée de porcelaine sur l'oreiller de Margot et par rejoindre son propre lit. Plus vite elle parviendrait à se rendormir, mieux ce serait. Demain, le soleil se lèverait et les peurs de la nuit lui paraîtraient peut-être disproportionnées, comme après un cauchemar...

Le lendemain matin, quand elle se réveilla, Margot était déjà sortie de son lit et avait quitté la chambre sans l'attendre.

Thaïs rejoignit le reste de sa famille dans le salon : tout le monde était attablé pour le petit déjeuner. Sacha avait deux moustaches brunes laissées par le chocolat chaud qu'il buvait. Margot avait posé Rosemonde sur la table, allongée.

— Elle n'a pas très bien dormi cette nuit, je préfère la laisser se reposer encore un peu avec moi..., expliqua-t-elle à sa mère en mâchonnant une tartine beurrée.

Cette fois, les yeux de la poupée étaient bien fermés.

# 5

Lorsque la famille arriva à la plage, le soleil avait déjà disparu derrière un amas de gros nuages cotonneux. L'endroit était désert. La mère avait emporté deux magazines dans l'espoir d'avoir un moment pour elle, tandis que le père avait la ferme intention de faire une petite sieste réparatrice. Margot, évidemment, avait pris sa poupée et, dès qu'elle eut retiré ses sandales, elle entreprit de creuser le sable, pendant que Rosemonde attendait, assise sur une serviette à l'ombre du parasol.

— On va jouer dans les rochers ? proposa Sacha.

Il sautillait sur place, impatient d'escalader les grands rochers bruns avec ses sœurs. Son seau à la main pour ramasser des coquillages ou des petits crabes, il faisait déjà mine de partir, alors même que Margot n'avait pas daigné lever les yeux.

— Si tu veux, répondit Thaïs en cherchant sa casquette dans son sac à dos. On y va, Margot ?

La fillette secoua la tête, toujours occupée à creuser le sable.

— Non, je préfère rester ici, aujourd'hui. Les rochers, c'est trop dangereux pour Rosemonde, je risquerais de l'abîmer ou de la faire tomber.

Thaïs retint un soupir d'exaspération.

— Tu peux très bien venir avec nous et laisser ta poupée sur la serviette. Tu as peur qu'elle s'ennuie, sans toi ? lança-t-elle, d'un ton plus moqueur qu'elle ne l'aurait voulu.

Sacha pouffa et Margot se redressa brusquement, piquée au vif.

— Je n'ai aucune envie de venir avec vous dans les rochers, qu'est-ce que tu ne comprends pas, au juste ? rétorqua-t-elle avec une agressivité si inattendue que Thaïs recula d'un pas.

Elle jeta un coup d'œil en direction des parents, mais ni l'un ni l'autre n'avait prêté attention à cet échange. Margot se détourna, attrapa une pelle et reprit sa construction. D'une voix douce, elle s'adressa à Rosemonde :

— Je vais te fabriquer un transat confortable, pour que tu puisses t'allonger et prendre un peu le soleil...

— On y va ? demanda alors Sacha en tirant Thaïs par la main pour l'entraîner dans son sillage.

Elle haussa les épaules.

— Je n'ai plus très envie de grimper là-bas...

— Oh, allez, s'il te plaît ! On ne va pas rester ici à faire des châteaux de sable, quand même ! On peut prendre l'épuisette et aller pêcher des petits poissons, sinon ? supplia Sacha, déçu de la tournure que prenaient les événements.

— Et te baigner avec nous, ça ne te tente pas non plus ? insista encore Thaïs en regardant sa cadette.

— Rosemonde dit qu'elle a peur de l'eau. De toute façon, on n'a pas besoin d'être toujours collées ensemble..., marmonna Margot d'une voix atone.

Thaïs comprit qu'elle n'avait plus d'autre choix que de battre en retraite.

En les voyant s'éloigner, leur mère leva la tête de son magazine :

— Sacha, si tu as l'intention de te baigner, tu dois mettre tes brassards ! déclara-t-elle avec fermeté.

Le petit garçon fit la moue, mais obéit sans rechigner : il savait qu'il n'avait aucune chance de l'emporter. Thaïs gonfla les deux brassards orange fluo et ils coururent jusqu'au grand bassin naturel à proximité des rochers, là où il n'y avait pas de vagues susceptibles d'inquiéter les parents.

Ils avancèrent dans l'eau en frissonnant et s'immobilisèrent quand Sacha en eut jusqu'aux côtes. Même si Thaïs n'avait pas trop le cœur à jouer, ils s'amusèrent à s'éclabousser copieusement et à s'attraper l'un l'autre. Puis l'adolescente mit son masque et son tuba et proposa à son frère de faire de même pour tenter d'apercevoir des poissons dans l'eau trouble.

— Le premier qui en voit un a gagné ! lança-t-elle en plongeant sa tête sous la surface.

Elle se détourna de Sacha pour ne pas chercher au même endroit que lui et se concentra sur le silence étouffé de la mer, sur son sang qui battait à ses oreilles à un rythme d'abord saccadé, puis plus régulier à mesure qu'elle retrouvait son souffle. Étonnamment, elle n'apercevait aucun poisson, pas même de crevettes qui pourtant pullulaient d'habitude dans ce bassin où la température était un peu plus élevée que dans la mer.

Quand elle mit fin à son exploration, bredouille, elle fit un tour sur elle-même pour trouver Sacha. Elle repéra les brassards orange à une dizaine de mètres d'elle et s'agaça qu'il se soit autant éloigné. S'approchant de lui en quelques mouvements de brasse, elle se rendit compte que quelque chose clochait. Les brassards flottaient bien à la surface, mais pas le tuba. La tête de son petit frère était enfoncée sous l'eau, mais ses bras s'agitaient anormalement, comme s'il se débattait. Inquiète, Thaïs se dépêcha de l'attraper, le tira par les aisselles pour qu'il sorte la tête de l'eau, mais les bras de Sacha continuaient de gigoter de manière désordonnée. Thaïs commença à paniquer.

Qu'arrivait-il, au juste ? Les bras de Sacha frappèrent encore la surface, mais ses gestes faiblissaient, devenant plus saccadés, puis plus mous, comme s'il n'avait plus l'énergie de lutter. Prise de terreur, Thaïs encercla le torse de son petit frère et tira de toutes ses forces, plusieurs fois, manquant de perdre pied à chaque effort. Enfin, ce qui faisait résistance céda d'un seul coup, au moment où elle n'y croyait plus, et la tête de Sacha sortit brusquement de l'eau sombre, comme s'il avait été *expulsé*. Les yeux exorbités et rougis par le sel, il toussa et cracha tout ce qu'il pouvait, à bout de souffle. Sa sœur l'entraîna à quelques mètres de là, où il put s'agenouiller en ayant de l'eau jusqu'au torse. Il lui fallut de longues minutes pour parvenir à respirer correctement, sourd aux interrogations hystériques de Thaïs.

— Qu'est-ce qui s'est passé ? Pourquoi tu t'es autant éloigné ? Tu avais à peine pied là-bas, maman t'a interdit d'aller aussi loin !

Face aux cris de son aînée, Sacha finit par éclater en sanglots. Désarçonnée, elle le prit dans ses bras pour qu'il se calme.

— Je ne comprends pas, tu avais tes brassards, en plus…, murmura-t-elle pour elle-même. Et tu avais l'air bloqué sous l'eau…

Sacha s'écarta d'elle, et quand il ouvrit la bouche pour parler, ses mots lui glacèrent le sang :

— Il y avait quelque chose… avec moi. Je… je cherchais des poissons avec mon masque et mon tuba, et d'un seul coup, quelqu'un m'a appuyé sur la tête. J'ai cru que c'était toi qui me faisais une blague, au début, mais *ça* a appuyé encore plus fort et ma tête était tellement enfoncée que l'eau est rentrée dans mon tuba… Je… je n'arrivais plus à respirer, je n'arrivais plus à remonter, c'était… c'était horrible…, hoqueta-t-il, les yeux emplis de terreur.

Thaïs ne sut quoi répondre. Elle entraîna Sacha hors du bassin et ils remontèrent jusqu'à l'endroit où se trouvait le reste de leur famille. Inconsciente du drame qui avait failli se produire, leur mère lisait son horoscope ; leur père était allongé sur le dos, sa casquette recouvrant son visage. Margot, elle, avait achevé son transat de sable et l'avait recouvert d'un foulard. Rosemonde y était installée. De ses yeux grands ouverts, elle semblait observer l'arrivée des deux enfants encore sous le choc. Lorsque Thaïs parvint à sa hauteur, elle jaugea du regard sa sœur, qui sifflotait avec insouciance une chanson à la mode, puis elle jeta un coup d'œil à la poupée.

Un instant, il lui sembla que ses lèvres s'étiraient en un sourire narquois, mais le temps de cligner des paupières, la poupée avait retrouvé son visage angélique.

# 6

Thaïs fut tirée de son sommeil en pleine nuit, à un moment où même les goélands s'étaient épuisés de crier. Elle se frotta les paupières, son cerveau encore embrumé cherchant à comprendre ce que pouvait bien être le bruit lancinant qu'elle entendait.

Des pleurs d'enfant, oui, c'était ça. Des pleurs saccadés, qui se répétaient en boucle avant de disparaître dans le silence de la maison. Dès qu'elle eut identifié ces sons inhabituels, elle se dressa sur son séant, aux aguets. À sa gauche, Margot était pelotonnée sous sa couette et ne bougeait pas d'un millimètre.

À nouveau, les pleurs se firent entendre, étouffés, comme si la personne qui sanglotait essayait d'être discrète et de ne pas déranger le reste de la famille malgré son chagrin.

Sacha ? Son lit se trouvait juste de l'autre côté de la cloison. Peut-être avait-il fait un cauchemar ? Après avoir manqué de se noyer, il était resté très silencieux le reste de la journée, bien loin de l'insouciance qui le caractérisait. Pire, Thaïs avait eu l'impression qu'il évitait Margot et sa poupée ; on aurait dit qu'il avait soudain *peur* d'elles. Lorsqu'ils étaient revenus sur la serviette, il s'était assis à côté de leur mère et, emmitouflé dans son peignoir, il avait lancé à Margot une phrase étrange :

« Je suis désolé d'avoir pris ta poupée, je n'aurais pas dû. »

Lui qui ne s'excusait jamais quand il faisait une bêtise, cette réaction était pour le moins étonnante !

« Mmm... On peut oublier, mais tu n'as pas intérêt à recommencer... » s'était contentée de répondre Margot d'un ton dépourvu de compassion.

Les sanglots éclaboussèrent une nouvelle fois le silence de la nuit, et Thaïs décida de se lever pour en avoir le cœur net. De toute façon, si Sacha avait fait un cauchemar, les parents ne l'entendraient pas, depuis le rez-de-chaussée...

Elle entrouvrit la porte, passa la tête dans le long couloir désert pour tendre l'oreille. Plus aucun bruit. En quelques enjambées, elle fut devant la chambre de Sacha. Sa porte était à peine entrebâillée. Thaïs la poussa, serra machinalement les dents car le battant s'ouvrit en grinçant.

Rien ne bougeait dans la pièce. Elle s'approcha malgré tout du lit où se trouvait son petit frère, le découvrit allongé en travers du matelas, la couette tombée sur le parquet. Sa poitrine se soulevait à intervalles réguliers, signe qu'il était endormi et qu'aucun mauvais rêve n'était venu troubler son sommeil. Attendrie par sa bouche à demi ouverte, Thaïs ramassa la couette et en recouvrit son petit frère : ici, les nuits étaient fraîches, même en été.

Perplexe, elle fit demi-tour pour retourner se coucher, et se figea en découvrant les empreintes de pieds mouillées qui traversaient tout le couloir, de l'escalier jusqu'à la chambre qu'elle partageait avec Margot.

Exactement comme la nuit précédente... Pourtant, elle était certaine que ces flaques d'eau n'étaient pas là cinq minutes auparavant...

Thaïs frissonna dans le grand tee-shirt qui lui servait de chemise de nuit. Est-ce que quelqu'un – ou *quelque chose* – aurait pu profiter de son absence pour entrer dans la pièce ?

Une nouvelle salve de pleurs d'enfant la fit sursauter. Cette fois, on aurait plutôt dit que le bruit venait de leur chambre. Une partie d'elle eut envie de courir jusqu'au rez-de-chaussée pour aller secouer ses parents, mais la perspective de devoir descendre toute seule, même en allumant la lumière dans l'escalier, l'attirait encore moins que celle de rejoindre Margot. Les gémissements cessèrent, et elle retraversa le couloir à pas de loup, en longeant le mur pour ne surtout pas risquer de marcher sur une des empreintes mouillées.

La porte était fermée. Pourtant, elle ne l'avait même pas tirée derrière elle quand elle était sortie pour aller voir si Sacha pleurait... La mâchoire crispée, elle actionna la poignée et donna un coup sur le battant pour qu'il s'ouvre.

Son lit était vide, la couette repoussée au bout comme elle l'avait laissée. Sur sa gauche, la silhouette de Margot n'avait pas bougé, toujours pelotonnée en boule. À première vue, rien d'anormal, donc...

Les pleurs recommencèrent pourtant et, cette fois, Thaïs songea qu'il pouvait s'agir en fait de sa sœur : sous sa couette, ses sanglots lui seraient sans doute parvenus étouffés et lointains...

Elle s'approcha sur la pointe des pieds, en s'efforçant de faire le moins de pas possible pour que le parquet ne grince pas trop : elle était tellement sur les nerfs que n'importe quel bruit supplémentaire l'aurait fait sauter au plafond. Une fois devant le lit de Margot, elle resta là, indécise, jusqu'à ce que les pleurs s'achèvent. Elle s'agenouilla pour soulever un pan de couette et découvrit sa sœur cadette, elle aussi profondément endormie, ses longs cheveux bruns qu'elle ne prenait jamais la peine de coiffer étalés sur l'oreiller.

Dans ses bras reposait la poupée de porcelaine qui, cette fois, avait les yeux bien fermés.

Thaïs contempla Margot, décontenancée. Était-elle la seule à être éveillée dans la maison, à entendre ces pleurs désagréables ? Avait-elle des hallucinations ? Elle avait la chair de poule, et soudain, elle n'eut plus qu'une envie : plonger sous sa couette pour se recréer un cocon de chaleur et de sécurité. Elle se redressa, pivota sur les talons pour regagner son lit, bien décidée à garder son sang-froid et à ne plus se laisser troubler par le moindre élément sortant de l'ordinaire.

Son cœur manqua un battement quand, juste derrière elle, les sanglots reprirent de plus belle, cette fois pas étouffés le moins du monde, mais déchirant le silence sans aucune discrétion.

Thaïs fit volte-face, les poings serrés comme si elle s'apprêtait à mener un combat de boxe.

La poupée.

# 7

Les pleurs provenaient de la poupée, c'était désormais une évidence. Toujours allongée à côté de Margot, Rosemonde avait cette fois-ci les yeux bien ouverts, et Thaïs déglutit avec difficulté en le remarquant. Malgré sa terreur, elle fit un pas pour l'attraper. Margot se recroquevilla en poussant un petit gémissement contrarié. Le son sortait bien de la cage thoracique du jouet. Pourtant, leur mère avait testé plusieurs fois le remontoir et affirmé que le mécanisme était cassé ! Comment cette poupée pouvait-elle à présent pleurer ? C'était à n'y rien comprendre…

Il fallait que Margot voie tout ça par elle-même ; Thaïs ne voulait plus être la seule à assister à ces phénomènes étranges : les empreintes de pas, les yeux de cette poupée, la presque-noyade de Sacha, et maintenant ces sanglots à fendre l'âme...

— Réveille-toi... Allez, réveille-toi, Margot ! murmura-t-elle en secouant sa sœur de plus en plus fort.

Les bras de Margot étaient mous. Mous et glacés. À tâtons, Thaïs alluma la petite lampe de chevet en forme de fusée. Ce qu'elle découvrit lui causa une telle frayeur qu'elle crut qu'elle allait s'évanouir.

Sa sœur était livide, d'une pâleur cadavérique, comme si elle avait été enfermée dans un congélateur pendant des heures. Ses lèvres étaient bleues, ses ongles presque violets.

— Réveille-toi ! Réveille-toi, s'il te plaît ! supplia Thaïs en la secouant de plus belle, allant jusqu'à enfoncer ses ongles dans ses épaules, désespérée.

Enfin, Margot émergea. Elle claquait des dents et était incapable de prononcer le moindre mot tant elle semblait frigorifiée. Ses yeux s'écarquillèrent comme des soucoupes tandis que Thaïs faisait de son mieux pour la réchauffer.

— Ta poupée n'arrêtait pas de pleurer, je ne sais pas comment c'est possible, Margot. Depuis qu'elle est avec nous, il se passe des choses bizarres, je commence à flipper..., murmura Thaïs, encore sous le choc.

Margot ne répondit rien. Elle se contenta de jeter un coup d'œil amorphe à Rosemonde, posée sur son oreiller, les yeux fermés. Thaïs eut envie de fondre en larmes tellement elle se sentait seule.

— Je ne veux plus qu'elle dorme dans notre chambre, d'accord ? reprit-elle soudain. Je vais aller la mettre dans le salon.

Et, sans laisser à Margot le temps de répondre, l'adolescente s'élança dans le couloir. Arrivée au bout, elle alluma la lumière sur le palier, descendit l'escalier quatre à quatre, jeta la poupée sur le canapé et remonta en flèche. Quand elle franchit le seuil de la chambre, Margot s'était déjà rendormie. Thaïs posa sa main sur le front de sa sœur, rassurée de constater que sa peau était tiède.

Elle mit du temps à retrouver le sommeil, mais finit par sombrer, elle aussi, épuisée.

Le lendemain matin, les rayons du soleil la réveillèrent : elle avait oublié de fermer le grand rideau rouge en se couchant. Elle ouvrit péniblement les yeux, se recroquevilla sur le côté le temps de revenir à la réalité.

Dans le lit en face d'elle, Rosemonde dormait tranquillement dans les bras de Margot.

# 8

Thaïs se leva d'un bond et, dans son empressement, fit tomber la chaise sur laquelle elle et sa sœur entassaient leurs vêtements le soir. Margot s'agita, puis s'étira en poussant un long bâillement.

— Tu es déjà debout ? demanda-t-elle en se redressant, les yeux encore pleins de sommeil.

Sa peau était rosée, légèrement hâlée par le soleil et le vent de Bretagne. Ses lèvres avaient repris leur couleur normale, et Thaïs lui demanda si elle allait mieux.

— Tu m'as fait peur, cette nuit, j'ai cru que… que tu étais…, ajouta-t-elle, sans parvenir à prononcer le mot « morte » à voix haute.

Margot haussa les sourcils d'un air étonné.

— De quoi tu parles ?

Le cœur lourd, Thaïs entreprit de lui faire un résumé de la nuit, abasourdie que sa sœur semble ne se souvenir de rien. Une fois qu'elle eut terminé son récit, elle s'aperçut que Margot la dévisageait en souriant d'un air malicieux.

— Tu me fais marcher, c'est ça ? la taquina sa cadette.

— Bien sûr que non. Tout est vrai : les empreintes de pas mouillées, les pleurs de ta poupée... Tu ne te rappelles pas comme tu étais gelée, quand j'ai enfin réussi à te réveiller ?

Margot fit non de la tête, visiblement troublée par l'insistance et la gravité de sa sœur. Elle ne se souvenait de rien du tout. Elle s'était endormie le soir avec Rosemonde dans ses bras, s'était réveillée le lendemain matin dans la même position, rien d'autre ne s'était produit.

Thaïs se fit soudain solennelle :

— Je ne t'ai jamais menti, Margot. Toi et moi, on s'est toujours fait confiance, alors, je t'en prie, crois-moi quand je te dis que quelque chose ne tourne pas rond du tout, déclara-t-elle, les larmes aux yeux.

Margot n'avait jamais vu sa sœur aussi angoissée. Même si ces histoires sans queue ni tête paraissaient sortir tout droit d'un film d'épouvante, elle connaissait sa sœur aînée depuis toujours, et elle savait que jamais Thaïs ne s'amuserait à faire durer une plaisanterie d'aussi mauvais goût. Si elle insistait ainsi, elle avait sûrement une bonne raison de le faire...

— Je sais que tu tiens énormément à cette poupée, mais il faut qu'on la rapporte à ses propriétaires. S'il te plaît..., la pria Thaïs en la regardant d'un air presque suppliant.

Margot se mordit la lèvre, peinée de lire autant de peur dans les yeux de sa sœur. Elle n'avait aucune envie de se séparer de Rosemonde – cette poupée était faite pour elle, elle l'avait senti au plus profond d'elle-même dès qu'elle l'avait aperçue dans sa petite chaise en osier, sur cette table jonchée d'objets vieillots –, mais ça ne coûtait sans doute rien d'aller sonner à la maison devant laquelle les deux jeunes étaient installés. Thaïs finirait bien par se rendre compte que sa poupée adorée n'avait rien d'anormal !

Deux heures plus tard, les deux sœurs se trouvaient devant la maison en question. Une grande bâtisse de pierres de granit gris avec un toit en ardoise, typique des demeures bretonnes. Le seul élément original était la porte d'entrée, peinte en turquoise foncé. Sans plus hésiter, Thaïs s'avança et, après avoir cherché en vain une sonnette, se décida à utiliser le gros heurtoir rond en fonte.

Les filles patientèrent en silence et, enfin, elles entendirent un bruit de verrou. La porte s'entrouvrit, laissant apparaître une dame âgée aux longs cheveux blancs ramassés en une tresse.

— Bonjour, mesdemoiselles, que puis-je faire pour vous ? demanda-t-elle gaiement, ravie d'avoir de la visite.

— On... On a acheté cette poupée pendant le vide-greniers, il y a quelques jours, et on recherche son ancien propriétaire, débita d'un trait Thaïs, comme si elle avait appris son texte par cœur et était pressée de s'en débarrasser.

Le regard de la vieille dame alla des deux jeunes filles à Rosemonde, que Margot serrait contre elle. Elle porta la main à son cœur.

— Ça alors… Il y a bien longtemps que je n'ai vu cette poupée… J'ignorais que Matthias et Antonin l'avaient trouvée en vidant le grenier, et je ne savais pas qu'ils l'avaient vendue…, murmura-t-elle avec émotion.

Thaïs et Margot échangèrent un regard perplexe.

— Je vous en prie, entrez quelques minutes, ajouta-t-elle en s'écartant pour les laisser passer. Je m'appelle Henriette, et cette poupée… C'était celle de ma fille.

# 9

Une fois qu'elles furent installées dans la véranda à l'arrière de la maison, la vieille dame tendit les mains vers la poupée. À contrecœur, Margot accepta de la lui donner, et Henriette se plongea dans la contemplation du visage de porcelaine. Comme le silence s'étirait, Thaïs se racla la gorge pour prendre la parole :

— Si on est ici, c'est parce qu'il se passe tout un tas de choses inquiétantes depuis que ma sœur a acheté cette poupée… Et, hum, je me demandais si vous aviez fait la même expérience…, bredouilla-t-elle, craignant que la vieille dame ne la prenne pour une folle.

Ce ne fut pas le cas. Henriette, perdue dans ses souvenirs, commença à leur raconter :

— J'ai offert cette poupée à ma fille Clélie, pour ses dix ans. C'était il y a si longtemps, et pourtant, dans un sens, c'est comme si c'était hier. Elle l'avait repérée dans la vitrine d'un magasin d'antiquités qui se trouvait sur le trajet de l'école et, chaque fois, elle s'arrêtait devant, en adoration. J'ai fini par la lui acheter, ça me semblait être le cadeau idéal puisqu'elle admirait cette poupée depuis des semaines...

Margot acquiesça : elle comprenait parfaitement le sentiment de Clélie puisqu'elle avait éprouvé la même chose en apercevant Rosemonde pour la première fois.

— Clélie s'est prise de passion pour cette poupée, c'était incroyable ! se rappela Henriette avec un sourire triste. Elle la traînait partout avec elle et ne s'en séparait jamais. Même pour aller à l'école, elle la mettait au fond de son cartable...

— Pourquoi est-ce qu'elle ne l'a pas gardée, si elle l'aimait tellement ? s'enquit alors Margot, étonnée.

— Elle n'a pas pu en profiter très longtemps... Un matin de juillet, elle est partie à la plage avant moi, je devais la rejoindre. Mais quand je suis arrivée, je... Je... Excusez-moi, c'est difficile... Je ne sais pas si je devrais vous raconter cette histoire, mes petites..., souffla d'une voix blanche la vieille dame. Je... J'ai trouvé Clélie, flottant dans l'eau. C'était un mois à peine après son anniversaire...

Elle se tut, la gorge nouée par le chagrin.

— Elle s'est noyée ? demanda Thaïs avec douceur.

— Oui... Il restait juste sa serviette sur le rivage, et sa poupée, allongée au soleil. C'était atroce... Atroce et incompréhensible. Aujourd'hui encore, je ne sais pas comment une telle chose a pu se produire : Clélie était une excellente nageuse, et prudente qui plus est...

Le silence s'installa à nouveau, si épais qu'aucune des deux sœurs n'osait le briser. Henriette finit par poser la poupée sur la table, puis la poussa en direction de Margot. Elle dévisagea longuement la fillette, comme si elle choisissait ses mots avec soin avant de les prononcer.

— Après ça, j'ai rangé sa poupée dans une malle, dans le grenier. Ça me faisait trop mal au cœur de la voir dans la maison, abandonnée, alors que ma petite fille n'était plus de ce monde...

Thaïs déglutit avec difficulté et jeta un regard lourd de sens à sa cadette. Elle songeait à Sacha, qui avait failli se noyer la veille, comme Clélie. Peut-être au même endroit, qui pouvait le dire ? Elle n'eut pas besoin de parler pour que Margot comprenne sa pensée. Les épaules de sa sœur s'affaissèrent soudain, comme si elle s'avouait vaincue, et elle déclara :

— Je crois qu'il vaut mieux que je vous rende cette poupée. Elle n'est pas à moi, de toute façon..., murmura-t-elle d'un ton peiné.

La vieille dame leva des yeux embués vers Margot.

— Tu es sûre ? C'est peut-être bien qu'elle ait une deuxième vie, et qu'une autre petite fille s'occupe d'elle...

Margot considéra Rosemonde, allongée sur la table, les yeux fermés. On aurait dit que la poupée dormait paisiblement. Désespérée par la tournure des événements, la fillette se mordit la lèvre inférieure. Elle lutta contre l'irrésistible envie de saisir la poupée et de s'enfuir en courant avec elle. Mais quand elle croisa le regard implorant de Thaïs, elle ne put que faire non de la tête. La petite fille à qui appartenait cette poupée était morte noyée…

Brusquement, Margot se leva pour prendre congé, pressée d'en finir. Les deux sœurs remercièrent la vieille dame de les avoir accueillies et, quand elles quittèrent la véranda et se retournèrent une dernière fois, elles virent Henriette caresser avec tendresse le visage de la poupée.

# 10

La dernière journée de vacances se déroula sans heurts, mais sans entrain particulier de la part des enfants. Les parents mirent cette ambiance morose sur le compte du retour à la maison prévu pour le lendemain et de la rentrée des classes qui se rapprochait à grands pas. L'après-midi, tous les trois restèrent sur leur serviette à la plage : Sacha n'osait plus s'aventurer dans l'eau depuis qu'il avait failli se noyer, Margot ruminait sa séparation d'avec Rosemonde, tandis que Thaïs, si elle était immensément soulagée de s'être débarrassée de la poupée et de rentrer, se sentait malgré tout gagnée par la mélancolie de sa sœur.

— Les filles, je compte sur vous pour boucler vos bagages avant le dîner, leur lança leur mère à leur retour de la plage.

— Demain, on décolle très tôt pour éviter d'avoir du monde sur la route et de se retrouver dans des embouteillages ! renchérit leur père avant d'aller prendre une douche.

Il fallut peu de temps aux deux sœurs pour s'acquitter de leur mission. Elles avaient une valise rouge à coque rigide pour leurs vêtements et jeux, et si Thaïs prit soin de replier les habits encore propres, Margot se contenta de tout mettre en vrac du côté droit de la valise ouverte. L'ordre et le rangement n'avaient jamais été son fort. Tout juste daignait-elle coiffer et ramasser ses cheveux raides en une queue-de-cheval haute le matin, tout juste pensait-elle à changer de short ou de tee-shirt durant la semaine ! D'ailleurs, pendant leur séjour en Bretagne, Margot n'avait pour ainsi dire porté que son maillot de football bleu marine trop grand pour elle, par-dessus son maillot de bain. Pas étonnant, donc, que la valise soit bouclée en moins de dix minutes !

À la demande de Sacha, la famille fit une partie de Mystères de Pékin pour la dernière soirée et dès que le petit garçon eut démasqué le coupable – Miss Fong-D'Ting –, leur père déclara qu'il était grand temps d'aller au lit, qu'il fallait être en forme pour les huit heures de route qui les attendaient.

Les deux sœurs décidèrent malgré tout de lire un peu dans leur lit avant d'éteindre. Très vite, Margot lâcha sa bande dessinée et se tourna contre le mur après avoir marmonné un « Bonne nuit » fatigué. Thaïs reposa son roman sur le dessus de la valise pour ne surtout pas risquer de l'oublier le lendemain. Allongée sur le dos, elle croisa les mains derrière la tête et ferma les yeux, s'autorisant enfin à savourer sa joie de ne plus avoir à s'inquiéter à cause de cette maudite poupée. Demain, toute la famille serait rentrée à la maison, à des centaines de kilomètres d'ici, et le souvenir de Rosemonde s'effacerait peu à peu jusqu'à disparaître totalement. Quelle délivrance !

# 11

Thaïs sombra dans un sommeil sans rêves, mais fut tirée de sa torpeur quelques heures plus tard : dans le lit d'en face, Margot s'agitait en gémissant. Ses bras semblaient lutter pour repousser quelque chose d'invisible, aussi Thaïs prit sur elle de se lever pour la secouer. Sa sœur avait une force incroyable. Surprise par tant de vigueur et par le contact glacé de sa peau, Thaïs dut faire un effort surhumain pour bloquer ses bras et les empêcher d'aller dans tous les sens.

— Margot, Margot… Margot ! répéta-t-elle d'une voix qu'elle voulait ferme, jusqu'à ce qu'enfin sa sœur ouvre les yeux, hagarde.

Désorientée comme si elle n'avait aucune idée d'où elle était, Margot croisa instinctivement les bras pour se réchauffer.

— Ça va ? Tu as fait un cauchemar ? demanda Thaïs, inquiète.

Margot acquiesça, regarda autour d'elle comme pour s'assurer qu'elle était bien assise dans son lit, dans leur chambre.

— J'ai rêvé que je me noyais, j'essayais de rejoindre le rivage, mais chaque fois que je m'en approchais, il reculait, et je me retrouvais toujours de plus en plus loin du bord... À la fin, je n'avais plus la force de nager, et j'avais l'impression que quelque chose me tirait vers le fond..., murmura-t-elle en claquant des dents.

Après s'être assise à côté de sa sœur, Thaïs lui remonta la couette sur les épaules. Elles restèrent ainsi quelques instants, sans rien dire, jusqu'à ce qu'une curieuse mélodie se fasse entendre dans la chambre.

Une petite ritournelle, chantée par une voix enfantine légèrement éraillée.

Thaïs et Margot échangèrent un regard perplexe, aucune d'elles n'osant faire un mouvement tant elles étaient surprises.

*À la claire fontaine*
*M'en allant promener*
*J'ai trouvé l'eau si belle*
*Que je m'y suis baignée...*

À côté d'elle, Thaïs sentit sa sœur se détendre, devenir plus lourde, comme si elle s'endormait en écoutant une berceuse qui n'avait pourtant rien d'apaisant. Margot avait appuyé sa tête contre le mur, et ses épaules se relâchèrent. On aurait dit qu'elle *appréciait* la comptine...

Thaïs était tellement horrifiée qu'elle en eut soudain les larmes aux yeux. Elle avait l'impression que quelqu'un jouait avec elle, et qu'il prenait un malin plaisir à la terroriser, comme un chat s'amusant avec une souris prise au piège. Elle aurait voulu se recroqueviller dans un coin, fermer les yeux, se boucher les oreilles et hurler « Pouce ! », pour que *tout* s'arrête.

Soudain, contre toute attente, Margot bondit hors de son lit en s'exclamant :

— Ça vient de la valise ! Tu entends ? Ça vient de l'intérieur de la valise !

Avec empressement, elle tira sur la grosse fermeture Éclair qui faisait tout le tour du bagage. Elle ouvrit la valise en deux et poussa un cri de joie en découvrant, allongée au milieu de ses vêtements entassés pêle-mêle, sa poupée de porcelaine.

Un cliquetis désagréable retentit, un peu comme le bruit que faisaient les vieux disques de leur père quand le bras du tourne-disque revenait à sa position de départ. La comptine cessa.

Margot saisit avec précaution sa poupée et la serra dans ses bras avec tendresse. Thaïs, toujours immobile sur le lit de sa sœur, contemplait la scène de retrouvailles sans un mot, le cœur au bord des lèvres.

— Elle est revenue ! Tu te rends compte, Thaïs ? Rosemonde est revenue ! s'exclama la cadette, aux anges.

Thaïs hocha la tête lentement. Elle tenta d'avaler sa salive, mais, soudain, c'était comme si sa gorge était tapissée de papier de verre.

— Je vois, oui… Elle est revenue…, répéta-t-elle d'une voix d'automate.

Margot n'avait pas l'air de se demander le moins du monde comment la poupée avait pu réapparaître ainsi.

— Comment c'est possible… ? marmonna Thaïs, sans parvenir à esquisser le moindre mouvement.

— La vieille dame l'a peut-être rapportée, et les parents ont voulu me faire une surprise ! répondit Margot, tout sourire.

Thaïs eut envie de rétorquer que ça n'avait aucun sens : Henriette n'avait pas leur adresse, et c'est elle-même qui avait fermé la valise juste avant de se coucher. Sans parler de cette comptine, fredonnée on ne savait comment étant donné que le mécanisme de la poupée était cassé… Mais, au moment d'ouvrir la bouche, elle se figea et resta muette. Margot, tout à sa joie, virevoltait dans la chambre avec Rosemonde.

Cette fois, elle ne l'écouterait pas, c'était une évidence.

Thaïs rejoignit son lit et laissa donc sa sœur se recoucher avec son précieux jouet puis sombrer dans le sommeil en un éclair. Désormais seule dans l'obscurité, les yeux grands ouverts, elle avait l'impression que les battements rapides de son cœur affolé retentissaient dans toute la maison.

À l'instant où ses paupières commençaient enfin à s'alourdir, l'épuisement prenant le dessus, la ritournelle reprit subitement.

*Il y a longtemps que je t'aime,*
*Jamais je ne t'oublierai.*

La poupée chantait ces deux phrases en boucle, comme si le mécanisme s'était bloqué, et Thaïs serra les dents pour ne pas pleurer. Encore et encore, le refrain de la comptine résonna à ses oreilles, sans pourtant réveiller le moins du monde sa sœur.

Jusqu'au moment où Thaïs prêta attention aux paroles exactes, car quelque chose la chiffonnait. Quand elle comprit ce que c'était, tout ce qu'elle parvint à faire, c'est se recroqueviller contre le mur et se boucher les oreilles de toutes ses forces.

*Il y a longtemps que je t'aime,*
*Jamais je ne m'en irai.*

*Il y a longtemps que je t'aime,*
*Jamais je ne m'en irai.*

# 12

De retour à la maison, Thaïs se résigna à ce que le cours de la vie normale d'*avant* ne reprenne pas, malgré ses espérances. Rosemonde devenait de plus en plus omniprésente, elle était désormais indissociable de sa petite sœur. Dans le même temps, Margot, sans que personne hormis Thaïs ne s'en rende compte, changeait. Elle devenait de plus en plus taciturne, de plus en plus lointaine. La seule fois où, soucieuse, la jeune fille tenta d'en toucher un mot à sa mère, cette dernière sourit en lui répondant que Margot allait entrer au collège et que ce nouveau monde inconnu devait l'inquiéter un peu, voilà tout.

*N'empêche que Margot ne joue plus avec moi, encore moins avec Sacha*, songeait Thaïs avec amertume. *N'empêche qu'elle ne rit plus comme avant quand papa fait une blague. N'empêche que le soir, au moment d'éteindre la lumière, on ne discute plus en chuchotant dans le noir comme avant, Margot préfère se recroqueviller sur le lit du haut et prétexter qu'elle est trop fatiguée pour parler avec moi*, ruminait Thaïs soir après soir.

Elle reconnaissait de moins en moins sa petite sœur, même si celle-ci faisait mine de ne pas comprendre quand Thaïs finissait par sortir de sa réserve et lui demander pourquoi elle se comportait de manière aussi étrange.

Quant aux nuits… Malheureusement, elles n'étaient pas plus paisibles chez eux que dans cette maison en Bretagne. Chacune apportait un nouvel élément encore plus effrayant que la précédente. Le soir de leur retour de vacances, la fenêtre de leur chambre s'était ouverte d'un coup, alors que le volet roulant était descendu. Thaïs avait été, comme d'habitude, réveillée en sursaut, et elle avait eu toutes les peines du monde à la refermer : c'était comme si une main invisible retenait le battant contre le mur…

La deuxième nuit, elle avait entendu du bruit de l'autre côté du volet, comme si quelqu'un essayait de le soulever pour entrer. Elle était restée terrorisée dans son lit, agrippée à sa couette, essayant de se persuader que c'était impossible, puisque leur chambre se trouvait au deuxième étage de la maison et que personne ne pouvait en escalader le mur.

La troisième nuit, l'adolescente avait été réveillée par une odeur étrange, si forte qu'elle avait eu la sensation de manquer d'air. Elle avait hésité à sortir de son lit pour ouvrir le volet et aérer la chambre, mais la peur avait été trop forte : et si elle était tombée nez à nez avec la chose qui avait ouvert la fenêtre, puis qui avait tenté de soulever le volet ? Mieux valait supporter cette odeur désagréable... Elle avait mis du temps à identifier de quoi il s'agissait : des relents d'algues humides, les mêmes que l'on sentait parfois en marchant sur la plage à marée basse, après que la mer avait délaissé ses algues et ses coquillages, les abandonnant au soleil. Thaïs n'était parvenue à se rendormir qu'en se bouchant le nez et en respirant par la bouche.

Les trois nuits suivantes, la jeune fille avait été réveillée en sursaut par un vacarme effroyable. Quand elle avait ouvert les yeux, déjà paniquée, elle avait découvert la chambre sens dessus dessous : les livres éparpillés au sol au lieu d'être bien rangés dans la bibliothèque, les vêtements en tas juste devant l'armoire et non plus pliés ou sur des cintres dans la penderie, sa précieuse collection de fèves jetée au fond de la poubelle au lieu d'être présentée avec soin dans la petite maison en bois accrochée au mur… Thaïs, les larmes aux yeux, avait tout rangé deux fois de suite dans le silence de la nuit. La troisième fois, elle n'en avait pas eu le courage, désespérée à la perspective que ces événements se reproduisent indéfiniment et épouvantée de ne jamais parvenir à réveiller Margot pour qu'elle voie de ses propres yeux ce qui se passait.

# 13

Cette nuit-là, la dernière avant la rentrée des classes, Thaïs ne chercha même pas à discuter avec sa sœur après avoir éteint la lumière : elle avait été tellement rabrouée et ignorée depuis une semaine qu'elle avait fini par renoncer. Peut-être qu'après son premier jour au collège, Margot redeviendrait comme avant et qu'elle s'empresserait de lui raconter sa rentrée en sixième. Thaïs ne pouvait que s'accrocher à cet espoir.

Allongée dans le noir, elle avait beau se tourner dans ses draps et changer sans arrêt de position, impossible de trouver le sommeil. Au-dessus d'elle, Margot était plus chanceuse : elle s'était assoupie en moins de dix minutes et, à présent, Thaïs entendait sa respiration ample et régulière, signe d'un sommeil profond. Le réveil lumineux sur sa table de chevet indiquait 00 : 42, et Thaïs s'agaçait d'être toujours éveillée à une heure aussi tardive.

Soudain, elle entendit Margot pousser un cri de terreur aigu et elle se redressa si brusquement dans son lit qu'elle se cogna la tête contre le sommier du haut. Le cœur battant la chamade, elle grimpa l'échelle pour découvrir sa sœur qui s'agitait violemment dans sa couette, cherchant à s'en débarrasser sans y parvenir. Thaïs rejeta la couette à l'autre bout du lit, mais Margot continuait à se débattre. L'aînée finit par escalader le lit superposé, évitant les coups de poing et de genou. Comme chaque fois, elle s'évertua à maintenir les épaules de Margot de tout son poids. Au bout de quelques minutes qui lui parurent des heures, sa cadette finit par s'affaiblir puis ouvrir des yeux hébétés.

Une fois qu'elle fut certaine que sa sœur était bien revenue à la réalité et qu'elle ne gesticulerait plus, Thaïs relâcha la pression et s'assit dans le lit, s'adossant au mur pour reprendre son souffle. D'une main, elle alluma le spot accroché au mur.

À côté d'elle, Margot était exsangue. Les lèvres virant au noir. La peau de son visage et de ses bras si pâle qu'on voyait ses veines bleues apparaître en dessous. La chair de poule, les dents qui claquaient. Et surtout, surtout, les cheveux trempés et glacés, qui gouttaient jusqu'à former une auréole sombre sur le matelas, autour de sa tête.

Comme si elle sortait de l'eau.

— Il se passe quoi, à la fin ? s'écria Thaïs, presque plus en colère qu'effrayée.

Margot ne répondit rien ; elle semblait sous le choc, les yeux dans le vague. Instinctivement, Thaïs repoussa la poupée de porcelaine au bout du lit et, pour une fois, Margot ne s'y opposa pas, sans doute parce qu'elle était trop faible.

En observant son visage inexpressif et ses cheveux dégoulinant d'eau, Thaïs eut soudain l'impression d'être face à quelqu'un d'autre que sa sœur. La fille de cette vieille dame, celle qui s'était noyée sous les yeux de Rosemonde alors assise sur la plage. Clélie. Sans savoir pourquoi, Thaïs se demanda si Clélie ressemblait à Margot ; si elle aussi avait des cheveux bruns qui lui arrivaient à la poitrine, si elle aussi avait des yeux bleus en amande et des taches de rousseur claires éparpillées sur les pommettes.

— Ça ne peut plus durer, je n'en peux plus…, murmura Thaïs, hagarde elle aussi.

D'un bond, elle descendit l'échelle du lit superposé et s'élança jusqu'à la chambre de ses parents. Elle alluma brusquement la lumière et leur intima de se lever, et vite.

— Thaïs ? Mais qu'est-ce qu'il y a ? marmonna son père en se frottant les yeux.

— Margot ne va pas bien du tout, il faut que vous veniez ! répondit-elle d'un ton si suppliant que sa mère sauta hors du lit pour la suivre.

Lorsque tous les trois entrèrent dans la chambre des filles, il n'y avait pas le moindre bruit. Après avoir jeté un coup d'œil circonspect à son aînée, le père gravit les deux premiers barreaux de l'échelle du lit, afin d'être assez haut pour atteindre Margot.

Elle dormait paisiblement, allongée sur le ventre, serrant sa poupée de son bras droit. Les lèvres légèrement entrouvertes, elle paraissait même sourire dans son sommeil. L'auréole avait disparu, ses cheveux étaient secs, ses lèvres roses.

— Je… je ne comprends pas, bégaya Thaïs, au bord de la crise de nerfs. Elle était gelée, ses cheveux étaient trempés, elle a hurlé… Je ne comprends pas…

Elle éclata tout à coup en sanglots. Éberlué, son père se gratta le sommet du crâne. La mère lui fit signe d'aller se recoucher et resta avec Thaïs le temps qu'elle se calme.

— Allons, allons… Tout va bien, ma puce… Ça peut arriver à n'importe qui de faire un cauchemar, ne t'en fais pas…

Thaïs se mordit le poing, désespérée que personne ne la croie, désespérée d'être seule au point d'avoir l'impression de devenir folle. Sa mère la ramena jusqu'à son lit, la recoucha et la borda comme quand elle était petite.

— Rendors-toi, ma chérie. C'était juste un mauvais rêve, rien de plus…, chuchota-t-elle en l'embrassant sur la tempe avant de filer sur la pointe des pieds.

## 14

C'est épuisée et le moral dans les chaussettes que Thaïs s'extirpa d'un sommeil peuplé d'ombres et de ricanements, pas du tout réparateur. Les yeux encore collés par la nuit, elle appuya sur le gros bouton de son réveil pour que cesse enfin le *bip bip* strident indiquant qu'il était l'heure de se préparer pour retourner en classe.

En face d'elle, installée à son bureau devant le petit miroir qui se trouvait habituellement sur la commode de leur mère, Margot était déjà habillée et occupée à démêler ses longs cheveux bruns avec application. À côté du miroir, Rosemonde était assise à même le bureau, et on aurait dit qu'elle observait Margot avec satisfaction.

Depuis la salle de bains, Thaïs entendit sa mère et Sacha qui discutaient, ou plutôt se disputaient. Leurs voix étaient étouffées, mais la jeune fille parvint à comprendre que son petit frère tentait, en vain, de convaincre leur mère de lui faire un mot pour qu'il ne soit pas obligé d'aller aux cours de natation à l'école. Depuis sa dernière baignade qui avait failli tourner au drame en Bretagne, Sacha avait une peur bleue de l'eau. Même quand il prenait un bain, il fermait le robinet très vite, lui qui adorait pourtant remplir la baignoire et jouer avec ses petits bateaux auparavant…

Soudain, le petit air narquois qu'affichait la poupée de Margot donna envie à Thaïs de lui flanquer une gifle pour la faire tomber du bureau. Tout était la faute de ce jouet maudit ! Chaque fois que son regard tombait sur Rosemonde, Thaïs avait la désagréable impression que celle-ci la jaugeait avec malice, comme pour lui dire : « Viens, approche donc si tu as le courage de te mesurer à moi ! »

L'adolescente avait le sentiment que, si elle se risquait à s'avancer un peu trop près, Rosemonde aurait été capable de lui sauter au visage, et rien que cette pensée lui donnait des sueurs froides.

En découvrant la tenue de Margot, sa sœur fronça les sourcils. Une robe en coton fuchsia parsemé de broderies anglaises, aux manches courtes bouffantes comme celles des robes de princesse, avec un ruban de satin doré faisant office de ceinture pour la resserrer au niveau de la taille. Margot l'avait reçue pour son anniversaire, l'année précédente, de la part de leur arrière-grand-mère maternelle. Thaïs se rappelait encore la moue de dépit qu'avait eue sa sœur et les gros yeux de leur mère, qui craignait qu'elle ne se montre impolie.

« Jamais je ne porterai une horreur pareille, beurk, plutôt mourir ! » avait maugréé Margot en la rangeant au fond de sa penderie le soir même.

La robe n'avait plus jamais bougé de son cintre, et la fillette l'avait oubliée depuis longtemps.

Jusqu'à aujourd'hui.

Comment était-il possible que sa sœur ait choisi cette tenue pour sa rentrée au collège ? Thaïs se frotta les yeux pour s'assurer qu'il ne s'agissait pas d'une hallucination provoquée par le manque de sommeil. Mais non : Margot était bien assise sur sa chaise, dans cette robe rose qu'elle détestait. Pire : une fois ses cheveux patiemment démêlés, elle entreprit de les boucler avec le fer à friser de Thaïs.

Bouche bée, cette dernière se redressa sur les coudes pour observer la scène. Boucle après boucle, Margot ne quittait pas son reflet des yeux. Elle avait même pris le temps de mettre du vernis doré à paillettes sur ses ongles : incroyable !

Du plus loin que s'en souvenait Thaïs, jamais sa petite sœur ne s'était montrée coquette ni apprêtée.

Jamais.

Quand elle eut fini de se coiffer, Margot prit un petit foulard jaune pâle qu'elle plia consciencieusement pour en faire un bandeau qu'elle plaça ensuite dans ses cheveux, le nouant à l'arrière de la nuque. Elle se contempla dans le miroir et se sourit à elle-même d'un air enchanté. Thaïs fut soudain prise d'une quinte de toux, et Margot se retourna pour lui faire face. Dans un grand sourire, elle demanda à sa sœur si elle la trouvait jolie.

— Heu… Oui… Mais pourquoi tu fais tout ça ? demanda Thaïs en désignant de l'index les mèches savamment bouclées.

— Oh, j'en avais assez de mes cheveux raides, j'avais envie d'un peu de volume ! sourit Margot en faisant voleter sa chevelure d'un geste gracieux qui ne lui ressemblait en rien.

— Mais… Et cette robe ? Tu disais que tu ne la porterais jamais ! s'exclama Thaïs, abasourdie par une telle métamorphose.

Sa sœur pouffa en mettant sa main devant la bouche, et même ce geste accompagné de ce petit rire sembla inconnu à Thaïs. Elle était face à une *étrangère*. Une étrangère qui avait complètement fait disparaître Margot.

— Il faut croire que j'ai changé d'avis ! Regarde comme elle tourne, c'est ravissant, non ? lança la fillette en se levant pour tournoyer dans la pièce.

« Ravissant » ? Jamais Margot n'avait employé un tel mot auparavant… Elle aurait dit « cool », « génial » ou « trop chouette », à la limite… mais « ravissant »… ?

Thaïs observa sa sœur qui continuait de tourner sur elle-même, tout sourire. Soudain, elle eut l'impression que son cœur lui remontait dans la poitrine comme dans un grand huit, et elle dut s'agripper au bord de son lit.

Avec cette robe rose et ces cheveux bouclés retenus par un bandeau, elle avait trouvé à qui ressemblait sa petite sœur.

À Rosemonde, évidemment.

# 15

Un vendredi après-midi, Thaïs finit exceptionnellement les cours à 15 h 30, deux heures plus tôt que prévu, car le prof de sport avait dû s'absenter en urgence. Elle rentra donc seule à la maison, prévoyant de revenir chercher Margot à 17 h 30 pour ne pas la laisser faire la route sans compagnie, quand bien même elle savait d'avance que sa sœur serait indifférente à cette marque d'affection.

La rentrée avait eu lieu une semaine auparavant, et Thaïs cherchait désespérément un moyen de faire cesser le cauchemar qui s'était abattu sur elle depuis leur séjour en Bretagne. Souvent, au cours des nuits d'insomnie, elle refaisait l'histoire avec des « si » :

si ce jour-là, elle avait elle aussi dépensé tout son argent à la fête foraine et n'en avait donc plus eu à prêter à Margot pour qu'elle achète cette maudite poupée. Si elle n'avait pas eu l'idée de passer par ce vide-greniers de malheur avant de rentrer à la maison de vacances. Si elle avait menti et affirmé à sa sœur qu'elle n'avait plus le moindre centime en poche, au lieu de lui donner les derniers euros qui lui restaient. Si elle avait trouvé un moyen radical de se débarrasser de la poupée, plus efficace que la laisser chez cette vieille dame…

Si elle avait trouvé un moyen radical de se débarrasser de la poupée.

Voilà ce qui occupait toutes les pensées de Thaïs ces derniers temps. Il devait bien exister une façon de se délivrer de Rosemonde pour de bon, non ?

Dans les moments de désespoir et de solitude, Thaïs avait imaginé fracasser la poupée contre un mur jusqu'à ce qu'elle explose en mille morceaux, qu'il ne reste plus rien que des petits bouts de porcelaine inoffensifs. Elle avait imaginé la brûler jusqu'à ce que la poupée ne soit plus qu'une carcasse noircie et méconnaissable. Elle avait imaginé la démembrer, lui arracher la tête, les bras et les jambes et les jeter dans des sacs-poubelle différents pour que jamais Rosemonde ne puisse se reconstituer et réapparaître comme par magie.

Mais la vérité, c'est que Thaïs avait peur de cette poupée. Elle craignait de rater son coup et qu'ensuite les conséquences soient encore plus effroyables… De toute façon, même si elle trouvait le courage de mener à bien son projet, sa petite sœur ne quittait pas un instant sa poupée, y compris la nuit : elle la serrait désormais si fort dans ses bras qu'il aurait été presque impossible de la détacher…

Quand Thaïs rentra du collège, elle déposa son sac à dos dans l'entrée et monta dans sa chambre pour changer de tenue. Alors qu'elle allait redescendre à la cuisine pour se préparer un goûter, elle se figea brusquement. Une petite voix intérieure venait de lui souffler quelque chose et, pour en avoir le cœur net, elle grimpa à l'échelle du lit superposé.

*Bingo.*

Rosemonde était sur l'oreiller de Margot, la couette remontée jusqu'à ses aisselles, comme si elle risquait d'avoir froid. Sa sœur n'avait pas le droit de l'emmener en cours, et c'est à contrecœur qu'elle la laissait à la maison, son sac étant trop petit pour y dissimuler la poupée qui mesurait une cinquantaine de centimètres.

*C'est le moment ou jamais*, souffla sa petite voix à Thaïs. Les mains légèrement tremblantes, elle attrapa la poupée et redescendit l'échelle. Songeuse, elle s'assit sur son lit, jeta un coup d'œil à son réveil : il était déjà 15 h 58. Ce qui signifiait qu'il lui restait un peu plus d'une heure pour agir si elle voulait être devant la grille du collège à 17 h 30 et faire comme si elle sortait de classe en même temps que Margot, de façon à ne pas être soupçonnée… Les rouages de son cerveau s'activaient à vive allure.

Tout à coup, elle se leva et se rendit dans le grenier pour aller chercher la vieille mallette dont leur père se servait, avant, pour aller travailler. Un attaché-case en cuir noir défraîchi, qui fermait avec deux serrures à combinaison. Quand elle était petite, son père la laissait s'amuser avec : il y cachait un bonbon ou un chocolat et elle devait faire le code pour ouvrir la mallette et s'emparer du précieux cadeau... Thaïs rapporta l'attaché-case dans sa chambre et prit une profonde inspiration en faisant tourner les six petites roues métalliques de façon à former le nombre 220 783 – la date de naissance de sa mère. Les deux cliquets de la mallette s'ouvrirent dans un claquement sec, et Thaïs sourit en jetant un coup d'œil à Rosemonde.

— À nous deux, murmura-t-elle d'un ton ferme, pour se donner du courage.

Un instant, il lui sembla que la poupée la dévisageait d'un air moqueur, mais elle décida de ne pas se laisser intimider. Pas cette fois.

Elle déposa Rosemonde dans l'attaché-case et fit aussitôt basculer le couvercle pour ne plus avoir à affronter son regard. Elle emporta le tout en bas, enfila ses baskets à la va-vite avant de sortir en trombe de la maison, direction le canal à quelques minutes à pied. Le cœur battant, elle longea le chemin le long duquel étaient stationnées des péniches jusqu'à arriver sous le pont, toujours désert.

Elle posa la mallette le temps de rassembler plusieurs grosses pierres. Ce faisant, elle faillit glisser pour en attraper une et se retint de justesse à un des poteaux de béton qui soutenait le pont. *Sois prudente, reste sur tes gardes*, lui chuchota sa petite voix pour qu'elle reste concentrée sur l'objectif qu'elle s'était fixé : se défaire définitivement de cette poupée maléfique.

Enfin, elle ouvrit l'attaché-case et y jeta pêle-mêle les pierres qu'elle avait récoltées, jusqu'à ce que tout l'espace soit rempli. Au moment de refermer pour de bon la mallette, elle se figea en croisant le regard de Rosemonde. Sans réfléchir, elle ôta de son cou la clé de la maison, qui pendait au bout d'un long cordon multicolore – sa mère préférait qu'elle conserve la clé de cette manière plutôt qu'avec un porte-clés qu'elle risquait de perdre au fond de son sac à dos.

Thaïs retira la clé du cordon et la rangea dans la petite poche intérieure de son sac. Avec le cordon, elle entreprit d'attacher les mains de Rosemonde, d'abord sur son ventre, puis, se rappelant comment les policiers s'y prenaient dans les séries télévisées que sa mère adorait regarder, elle décida de retourner la poupée pour lui maintenir les mains derrière le dos avec l'extrémité du cordon. Elle fit un triple nœud, qu'elle chercha ensuite à dénouer par la force pour s'assurer qu'il était solide, puis elle lia les deux jambes avec le restant de cordon.

*Je suis complètement folle*, songea-t-elle en contemplant le résultat. Le temps filait, et elle ne s'attarda pas davantage, verrouillant la mallette d'un geste vif. Des deux pouces, elle brouilla le code pour qu'aucun chiffre ne soit plus le bon. L'attaché-case était si lourd, avec toutes ces pierres, que Thaïs était désormais incapable de le soulever. Elle se contenta donc de le pousser jusqu'au bord du canal, en vérifiant que personne ne se trouvait dans les parages. Un dernier effort et la mallette tomba dans le canal, s'enfonçant rapidement dans l'eau noire.

Thaïs resta là plusieurs longues minutes, surveillant d'un œil inquiet la surface redevenue lisse. Rosemonde avait les bras et les jambes fermement attachés. Elle était enfermée dans un attaché-case lesté de pierres et verrouillé.

Cette fois-ci, elle ne reviendrait pas.

Vingt minutes plus tard, Thaïs se trouvait devant la grille du collège, attendant Margot comme si elle venait de terminer les cours.

— Ça a été, ta journée ? demanda-t-elle à sa sœur d'un ton qu'elle voulait nonchalant.

Margot haussa les épaules.

— Très bien, je te remercie. Et toi ? Tu avais une évaluation d'anglais, je crois ?

Thaïs fut surprise, et touchée, que sa sœur s'en souvienne. Pour la première fois depuis plusieurs semaines, elles bavardèrent un moment en se racontant leur journée, et Thaïs se sentit soudain rassérénée et heureuse.

En voyant sa sœur aussi volubile, elle en fut soudain persuadée : elle avait résolu tous leurs problèmes, et cette poupée faisait désormais partie du passé.

# 16

Thaïs s'était attendue à ce que la mystérieuse disparition de Rosemonde soit source d'un chagrin terrible pour Margot et, en rentrant à la maison, elle appréhendait déjà le moment où sa sœur s'apercevrait de l'absence de sa si précieuse poupée.

D'habitude, la première chose que faisait Margot dès qu'elle passait le seuil, c'était se ruer dans leur chambre pour aller retrouver Rosemonde et la câliner. Thaïs l'avait vue agir ainsi à plusieurs reprises depuis la rentrée. Margot parlait à Rosemonde comme si elle était vivante : « Tu ne t'es pas trop ennuyée, toute seule à la maison ? », « J'espère que tu n'as pas passé la journée devant la télévision ! », « Tu as pensé à te brosser les dents, ce matin ? »

Chaque fois, Thaïs secouait la tête d'un air dépité et sortait de la chambre pour ne plus entendre ces inepties.

Mais ce soir-là, les choses se passèrent différemment. Contre toute attente, Margot alla embrasser leurs parents, qui venaient eux aussi de rentrer du travail, et s'enquit de leur journée, écoutant leurs réponses avec une bienveillance inédite. En sortant de la cuisine, elle alla même jusqu'à ébouriffer les cheveux de Sacha, occupé à apprendre une poésie. Puis elle attrapa dans la bibliothèque vitrée du salon un des vieux romans que possédait leur mère depuis toute petite, une histoire de la comtesse de Ségur à la couverture rose pâle.

— Tu viens ? lança-t-elle à Thaïs. On va lire un peu dans le jardin !

Ravie de retrouver la complicité de toujours avec sa sœur, Thaïs ne se fit pas prier, et toutes deux s'allongèrent sur un grand plaid en polaire pour lire.

Au moment d'aller se coucher, Margot n'avait toujours pas pensé à aller chercher sa poupée, et Thaïs commença à croire que le fait de s'être débarrassée d'elle pour toujours l'avait peut-être purement et simplement effacée de la mémoire de sa sœur, comme si elle n'avait jamais existé. À cette pensée, Thaïs se sentait si légère qu'elle avait l'impression de flotter à quelques centimètres du sol.

Elle n'osa pas aborder le sujet de peur que la magie ne se brise, et préféra faire comme si de rien n'était.

Lorsque Margot grimpa à l'échelle pour rejoindre son lit, Thaïs retint son souffle. C'était l'heure de vérité, et elle ne put s'empêcher de se crisper dans l'attente d'un cri de sa sœur.

Pourtant, rien ne vint.

Margot s'installa dans son lit sans commentaire particulier, regonfla son oreiller pour s'y adosser confortablement le temps de sa lecture. Malgré ses interrogations et ses craintes, Thaïs ne put s'empêcher de sourire. Si elle se trouvait à présent dans un monde parallèle où Rosemonde n'avait jamais pollué leurs vies, tant mieux ! L'essentiel, c'était que tout redevienne aussi paisible qu'avant...

La porte de leur chambre s'ouvrit soudain à la volée, et Sacha bondit près du lit superposé. Il tenait un sac rempli de tissu rose bonbon, le tissu que Margot avait tant insisté pour acheter en Bretagne, dans l'idée de confectionner des tenues à sa poupée... Depuis, Margot avait abandonné le sac en plastique dans le salon, attendant sans doute que leur mère ait un peu de temps à consacrer à la couture.

— Maman dit que tu ne dois pas laisser ça traîner sur le canapé, sinon elle le mettra à la poubelle ! claironna-t-il fièrement, à l'évidence ravi d'avoir la bénédiction parentale pour réprimander lui-même sa sœur.

Margot se pencha depuis son lit pour voir de quoi parlait Sacha.

— Ah oui, j'ai oublié de le ranger. Tu peux le poser sur le bureau, s'il te plaît ?

Étonné de tant d'amabilité, Sacha déposa le sac là où sa sœur le lui avait demandé et fila sans insister.

La chambre redevint silencieuse. Thaïs était troublée : en voyant ce sac de tissu, Margot aurait aussitôt dû penser à sa poupée et se rendre compte qu'elle ne se trouvait pas sur son lit... Or elle n'avait manifesté aucune réaction et, apparemment, elle s'était déjà replongée dans son roman sans se poser davantage de questions. Le soulagement que Thaïs ressentait depuis qu'elle avait vu la mallette s'enfoncer sous l'eau disparut d'un seul coup. Déstabilisée, elle décida qu'il était temps d'en avoir le cœur net.

— Margot... Tu crois que maman aura le courage de sortir sa machine à coudre pour fabriquer une robe pour Rosemonde, ce week-end ? demanda-t-elle d'un ton faussement innocent.

Rien que le fait de prononcer le prénom « Rosemonde » lui donna des sueurs froides, comme si un filet d'eau glacée coulait le long de sa colonne vertébrale.

— Oh... Je n'en ai plus vraiment besoin, tu sais. Je crois que je suis trop grande pour les poupées, maintenant. C'était bien pendant les vacances, mais je suis au collège, à présent : il est temps de passer à autre chose ! lança Margot avec une désinvolture inattendue. D'ailleurs, je ne sais même pas où elle est, j'ai dû la laisser en bas ce matin, ajouta-t-elle en réprimant un bâillement.

Thaïs fut éberluée de cette réponse. Comment était-il possible que, du jour au lendemain, Margot se désintéresse ainsi de sa poupée, alors même qu'elle ne la quittait plus d'une semelle depuis le fameux jour du vide-greniers ?

Un instant, Thaïs songea qu'elle s'était débarrassée de Rosemonde pour rien, puisque Margot n'en voulait même plus. Puis elle se dit que c'était peut-être l'inverse qui s'était produit : sa sœur était passée à autre chose, peut-être parce que la poupée s'était enfin volatilisée de leurs vies. Qui pouvait le dire, après tout ?

Quoi qu'il en soit, Thaïs allait désormais pouvoir dormir sur ses deux oreilles. Enfin... !

# 17

Cette nuit-là, pour la première fois depuis les vacances, elle dormit d'un sommeil tranquille et quand elle se réveilla le lendemain matin, elle fut tout étonnée que la nuit n'ait en rien été perturbée. Aucun pleur, aucun hurlement, aucune comptine d'enfant fredonnée, aucune empreinte de pas, aucun grincement de parquet ou de volet, aucun cauchemar… Rien.

Absolument rien.

Les yeux encore fermés, Thaïs savoura son bonheur.

Au-dessus d'elle, Margot rabattit sa couette au bout de son lit avant de se lever et de descendre l'échelle.

Elle se pencha vers la couchette du bas pour sourire à sa sœur puis s'installa au bureau, devant le miroir que leur mère avait accepté de bon cœur de lui donner. Elle attrapa sa grosse brosse noire et coiffa avec délicatesse ses cheveux encore ondulés.

— Margot... Ça te dirait d'aller à la bibliothèque avec moi, ce matin ? proposa Thaïs d'un ton enjoué.

Sa sœur ne répondit pas tout de suite, continuant de se brosser les cheveux en fixant son reflet dans la petite glace rectangulaire.

Puis elle se retourna, et son visage s'éclaira d'un immense sourire. Ses yeux pétillèrent d'une étrange lueur quand elle répondit :

— « Margot » ? Margot n'existe plus, très chère. Ne me dis pas que tu ne t'en étais pas rendu compte... Après tout, c'est toi qui t'en es débarrassée, hier...

Thaïs eut l'impression que le ciel lui tombait sur la tête, elle ouvrit la bouche pour dire quelque chose mais aucun mot ne franchit ses lèvres.

Margot posa sa brosse d'un geste nonchalant, puis s'appliqua à enserrer sa chevelure dans le bandeau de tissu jaune pâle qu'elle noua derrière sa nuque. Tout en contemplant son reflet d'un air extrêmement satisfait, elle ajouta avec un sourire narquois :

— D'ailleurs, il vaudrait mieux que tu m'appelles Clélie, à partir de maintenant.

# L'autrice

Amélie Antoine a eu la chance d'avoir des parents formidables ; de ceux qui la laissaient emprunter tous les romans qu'elle souhaitait à la bibliothèque et voir bon nombre de films qui, aujourd'hui, seraient interdits aux enfants (et qui l'étaient sans doute déjà à l'époque !).

Du coup, elle a eu la chance de découvrir – et d'adorer – Stephen King dès l'âge de neuf ans, de regarder *Shining* et *Halloween* à onze ou douze ans, et de grandir en adorant avoir peur.

Peur d'éteindre la lumière dans sa chambre, le soir, parce que l'histoire qu'elle lisait fichait sacrément les chocottes. Peur de regarder sous son lit pour vérifier qu'il n'y avait rien de vivant. Peur d'aller ouvrir son armoire pour s'assurer qu'il n'y avait rien de mort. Peur de laisser pendre son bras hors des couvertures, parce qu'on ne sait jamais qui pourrait l'attraper.

Et cette peur-là, délicieuse et excitante à la fois, elle a aujourd'hui envie d'en donner le goût à d'autres enfants…

Depuis 2016, elle est publiée en littérature adulte chez Michel Lafon puis XO Éditions. *Maudite Poupée* est son premier roman pour la jeunesse.

casterman **HANTÉ**

*Pire que vos pires cauchemars*

Si tu n'as pas peur d'avoir peur... si tu en as même très envie...
Alors les romans de cette collection sont faits pour toi !
Découvre vite d'autres histoires terrifiantes.

DÉJÀ EN LIBRAIRIE

Létho est fou d'inquiétude : sa meilleure amie, Alma,
ne vient plus au collège. Lorsqu'il la retrouve enfin, elle paraît malade
et lui confie un étrange secret. Sous le plancher de la miroiterie
abandonnée, juste à côté de chez elle, un fantôme appelle à l'aide...
Pour Alma, Létho est prêt à descendre sous terre.
À ses risques et périls.

Depuis que Paul a déménagé, il n'a plus aucune envie de dormir.
Dès qu'il ferme les yeux, il entend les bruits de sa nouvelle maison.
Ça grince dans l'escalier, ça gratte dans les murs,
comme si quelqu'un se faufilait jusqu'à lui.
Mais surtout, si Paul s'endort... il se réveille dans la cave.
Et il n'est pas seul dans le noir.

Une simple photo d'identité et le cauchemar de Karim commence.
À l'intérieur de la cabine Photomaton, un piège l'attend :
une présence surnaturelle se manifeste et les clichés à l'écran
dévoilent un terrible présage… de mort.
Un compte à rebours s'enclenche alors. Karim n'a que trois jours
pour se délivrer de la malédiction qui pèse sur lui.

Jade entre en cinquième la boule au ventre.
Et son nouveau professeur principal n'a rien de rassurant. Cet homme sinistre instaure des règles strictes et colle ses camarades sans pitié.
Or après les heures de colle, les élèves sont différents.
Sages comme des images, ou comme des pantins sans âme, ils appellent Jade à devenir comme eux...

Pour la première fois, Thibald part camper en forêt avec
ses trois meilleurs amis... sans parents ! Tout serait parfait s'ils n'étaient
pas obligés d'emmener avec eux Aymeric, le frère de Juliette.
Dans le genre bizarre, ce minus passe son temps à dessiner
des monstres horribles sur des cartes. Il dit même
qu'il a un pouvoir... et si c'était vrai ?

Si vous avez aimé…

# MAUDITE POUPÉE

… vous allez adorer

# LES ÉLÈVES DE L'OMBRE

Découvrez un extrait

# 1

Jade Viala, tétanisée, se tenait au milieu de la cour du collège, face aux trente élèves de sa classe.

Ils la dévisageaient en chuchotant, ricanaient, la montraient du doigt. Son visage rouge écrevisse la brûlait et son cœur cognait dans sa poitrine. Elle aurait voulu fuir mais était incapable du moindre mouvement.

Lentement, les élèves avancèrent vers elle tels des vautours prêts à dévorer leur proie. Jade ferma les yeux et pria de tout son être pour qu'on vienne la sauver. La nuée de collégiens était tout proche quand, soudain, le ciel s'obscurcit et le tonnerre gronda. Une fumée se répandit dans la cour et les enveloppa, laissant Jade seule dans un brouillard épais.

Du fond de la brume, une silhouette noire aux yeux luisants apparut. Elle commença à se mouvoir, vaporeuse, de plus en plus menaçante à mesure qu'elle approchait. Immense et sans visage, la forme immatérielle se planta devant Jade. Puis entoura son corps comme un serpent.

— Tu n'as plus à avoir peur, lui susurra-t-elle. Plus personne ne se moquera de toi.

Ces paroles réchauffèrent le cœur de Jade. On ne l'avait jamais réconfortée ainsi. Elle eut la sensation que l'épaisse fumée noire devenait un doux nuage dans lequel elle aurait bien voulu s'abandonner. Mais l'étreinte invisible se resserra soudain autour de son corps fragile, l'empêchant de respirer et de parler. Jade scruta les deux fentes lumineuses qui brillaient au-dessus d'elle, et, du regard, implora la *chose* de la libérer. Mais celle-ci la serra plus fort encore, si fort qu'elle fit craquer ses os.

— Si tu me rejoins, siffla la voix au creux de son oreille, jamais je ne te ferai de mal.

Après cet avertissement teinté de menace, la chose la relâcha. Jade s'effondra sur le sol et son corps se brisa en mille morceaux comme celui d'une poupée de porcelaine.

# 2

*Mardi*

Jade se réveilla d'un bond, en sueur.

Son réveil indiquait 6 h 50 et son alarme devait sonner à 7 heures. Il lui fallut plusieurs minutes pour calmer sa respiration. Ce cauchemar semblait si réel qu'elle avait vraiment cru mourir. Elle était à la fois perturbée par ce qu'elle venait de vivre et heureuse d'être en vie. Mais une terrible boule se logea dans son ventre quand elle se rappela quel jour on était : le 3 septembre, jour de sa rentrée en cinquième.

Son année de sixième dans ce collège avait été un véritable calvaire. Loin de s'être fait des amis dans sa classe, elle était devenue le bouc émissaire d'un groupe de quatre filles dirigé par Romane Roskonof. Jade avait pourtant essayé d'être la plus discrète possible, mais les filles revenaient toujours à la charge. Les autres élèves, eux, l'ignoraient pour ne pas avoir affaire à Romane.

Perdue dans ses pensées, Jade enfila un jean et un long t-shirt qui cachait bien ses formes, puis descendit dans la cuisine. Elle tomba nez à nez avec sa mère qui terminait de lui préparer un énorme petit déjeuner : chocolat chaud, orange pressée et tartines beurre-confiture.

— Bonjour, ma chérie, c'est le grand jour !

— Bonjour, répondit Jade en songeant qu'elle ne parviendrait jamais à tout manger tant son estomac était noué.

— Il te faut de l'énergie, l'encouragea sa mère en s'installant devant une tasse de café fumant. C'est important pour la concentration.

Jade s'assit en face d'elle et se força à boire son chocolat brûlant, à petites gorgées.

— La cinquième est une année très importante, reprit sa mère. Il faut que tu continues d'avoir de bonnes notes. Et ce serait bien que tu réussisses à t'intégrer dans ta classe.

— Je vais essayer...

— Je compte sur toi.

Jade reposa sa tartine. Sa mère venait de lui couper le peu d'appétit qu'elle commençait à retrouver.

— Quand je dis « t'intégrer », c'est seulement auprès des filles.

Jade savait très bien que sa mère ne voulait pas qu'elle fréquente des garçons. Toutes ses expériences avec des hommes avaient été douloureuses, et le divorce avec son père n'avait pas arrangé les choses.

— Oui, maman, murmura Jade.

Son regard tomba sur sa montre : elle indiquait déjà 7 h 30 alors que Jade devait être au collège à 8 heures.

Elle se leva dans un mouvement de panique.

— Je dois y aller, je vais être en retard !

— Mais tu n'as rien mangé ! s'exclama sa mère. Attends une minute !

En deux temps trois mouvements, elle emballa les tartines et versa le jus d'orange dans une bouteille, puis fourra le tout dans le sac à dos de Jade pendant que celle-ci enfilait son manteau.

— Tu as bien toutes tes fournitures ?

— J'ai tout !

— Parfait, bonne journée, ma chérie ! Et prends bien ton petit déjeuner ! insista sa mère depuis le seuil.

— Oui, maman ! lança Jade en fuyant sa maison.

Quand elle arriva devant le collège, elle eut un haut-le-cœur en revoyant cet établissement gris terne, aux petites fenêtres étroites, qui ressemblait à une prison. S'insinuant dans la marée d'élèves, elle entra dans l'enceinte du bâtiment. Une fois dans la cour, elle s'assit sur un banc et fit mine de chercher quelque chose dans son sac, tout en jetant des petits coups d'œil autour d'elle. Tout le monde semblait heureux de se retrouver après les vacances, de nombreux groupes se formaient dont émanaient des rires joyeux et des cris stridents.

La principale, Madame Lepec, fit son entrée dans la cour et demanda aux collégiens de se rassembler. Dans ce petit établissement, il n'y avait que deux classes par année scolaire. Les élèves qui avaient été en sixième avec Jade furent presque tous appelés en cinquième A, y compris Romane et ses trois copines.

Le nom de famille de Jade commençant par un V, elle allait être appelée parmi les derniers de la liste. Elle attendit son tour face aux soixante élèves de cinquième, le cœur palpitant. Son maigre espoir de faire partie de la cinquième B s'envola à l'instant où la principale prononça son nom :

— Jade Viala, cinquième A.

Elle rejoignit le rang des élèves qu'elle connaissait si bien et croisa les regards moqueurs de la bande de Romane. On aurait dit des clones, toutes habillées, coiffées et maquillées de la même façon. Mais Romane était la plus grande, la plus mince et la plus sophistiquée. Jade l'entendit dire, suffisamment fort pour que ça arrive à ses oreilles :

— Regardez, les filles, mademoiselle l'intello est encore dans notre classe cette année !

La boule dans le ventre de Jade enfla et lui compressa les organes.

La file d'élèves pénétra dans la classe et les places furent prises d'assaut par des duos déjà formés. Il ne restait qu'une table libre au fond. Jade se faufila entre les rangées, rentrant la tête dans les épaules et baissant le regard quand elle passa près de Romane. Puis elle s'installa, seule.

Jade venait de sortir sa trousse quand elle vit entrer un garçon grand et nonchalant qu'elle ne connaissait pas. Ses cheveux en bataille étaient hérissés sur sa tête et il portait un sweat rouge vif à capuche qui aurait permis de le repérer à des kilomètres. Il s'assit près d'elle sans lui demander son avis et la dévisagea.

— Bah, fais pas cette tête de déterrée, c'est que le premier jour ! lui lança-t-il.

Jade, choquée par son franc-parler, ne sut quoi répondre. Elle l'ignora et continua de sortir ses affaires en se promettant de trouver une autre place dès le cours suivant.

Madame Lepec entra et demanda aux élèves d'accueillir leur professeur principal, Monsieur Erbenet.

**La suite déjà en librairie !**